DESENHO
passo a passo

Mundo fantástico

FADA DA PRIMAVERA

1

Desenhe uma forma oval para a cabeça e um círculo para a cesta.

Trace o vestido, os braços e as pernas.

A **PRIMAVERA** no hemisfério sul vai de setembro a dezembro. Esse nome vem do latim, *primo* e *vere*, e significa "antes do verão".

2

Contorne as linhas feitas para dar forma ao rosto, ao vestido, às pernas e à cesta.

3

DESENHE AS ASAS, OS DETALHES DA CESTA, AS FLORES, O CABELO E O VESTIDO.

APAGUE AS LINHAS-GUIAS DO DESENHO.

4

AGORA, DESENHE E PINTE A **FADA DA PRIMAVERA**.

FLOR MÁGICA

A **FLOR MÁGICA** TEM PODERES CURATIVOS, E QUEM A POSSUI PODE TER SUA JUVENTUDE DE VOLTA.

É MUITO IMPORTANTE MANTER A SIMETRIA.

1
- DESENHE CINCO CÍRCULOS, UM DENTRO DO OUTRO.
- DIVIDA-OS COMO SE FOSSEM PEDAÇOS DE PIZZA.
- DESENHE TRIÂNGULOS ENTRE OS ARCOS.
- DESENHE ARCOS.

2
DESENHE AS PÉTALAS.

4 DESENHE A **FLOR MÁGICA** E PINTE-A.

3 COMPLETE O DESENHO DECORANDO AS PÉTALAS.

APAGUE AS LINHAS-GUIAS DO DESENHO.

FADA DO VERÃO

1

DESENHE UMA FORMA OVAL PARA A CABEÇA.

TRACE O CORPO COM UMA LEVE INCLINAÇÃO.

MARQUE A ÁREA DAS ASAS.

TRACE ALGUMAS LINHAS PARA OS BRAÇOS E AS PERNAS.

O VERÃO NO HEMISFÉRIO SUL COMEÇA EM DEZEMBRO E TERMINA EM MARÇO. OS DIAS SÃO MAIS LONGOS, E AS NOITES MAIS CURTAS. É A ESTAÇÃO MAIS QUENTE DO ANO.

2

DESENHE O ROSTO E DÊ FORMA AO CORPO E ÀS ASAS, CONTORNANDO OS TRAÇOS FEITOS.

3

DESENHE OS PETALHES DO VESTIDO E DAS ASAS.

APAGUE AS LINHAS-GUIAS DO DESENHO.

POR FIM, DESENHE UM MORANGO, PARA QUE A FADA POSSA SE SENTAR SOBRE A FRUTA.

4

AGORA, DESENHE E PINTE A **FADA DO VERÃO**.

PÉGASO

1

NA MITOLOGIA GREGA, **PÉGASO** ERA UM CAVALO ALADO. ZEUS, O DEUS SOBERANO, SENHOR DO CÉU E DA TERRA, ERA SEU DONO. ASSIM, PÉGASO SE TORNOU O PRIMEIRO CAVALO A ESTAR ENTRE OS DEUSES.

FAÇA DUAS FORMAS OVAIS: UMA PARA A CABEÇA E OUTRA PARA O CORPO.

DESENHE LINHAS PARA MARCAR O PESCOÇO E AS PERNAS.

2

CONTORNE AS LINHAS FEITAS PARA DAR FORMA AO CAVALO.

3

DESENHE AS ASAS.

APAGUE AS LINHAS-GUIAS DO DESENHO.

PÉGASO TEM DUAS ASAS QUE LHE PERMITEM VOAR. EM SEU VOO, ELE MOVE AS PERNAS COMO SE ESTIVESSE CORRENDO PELOS ARES.

4

DESENHE, PINTE E DÊ UM NOME AO SEU **PÉGASO**.

FADA DO OUTONO

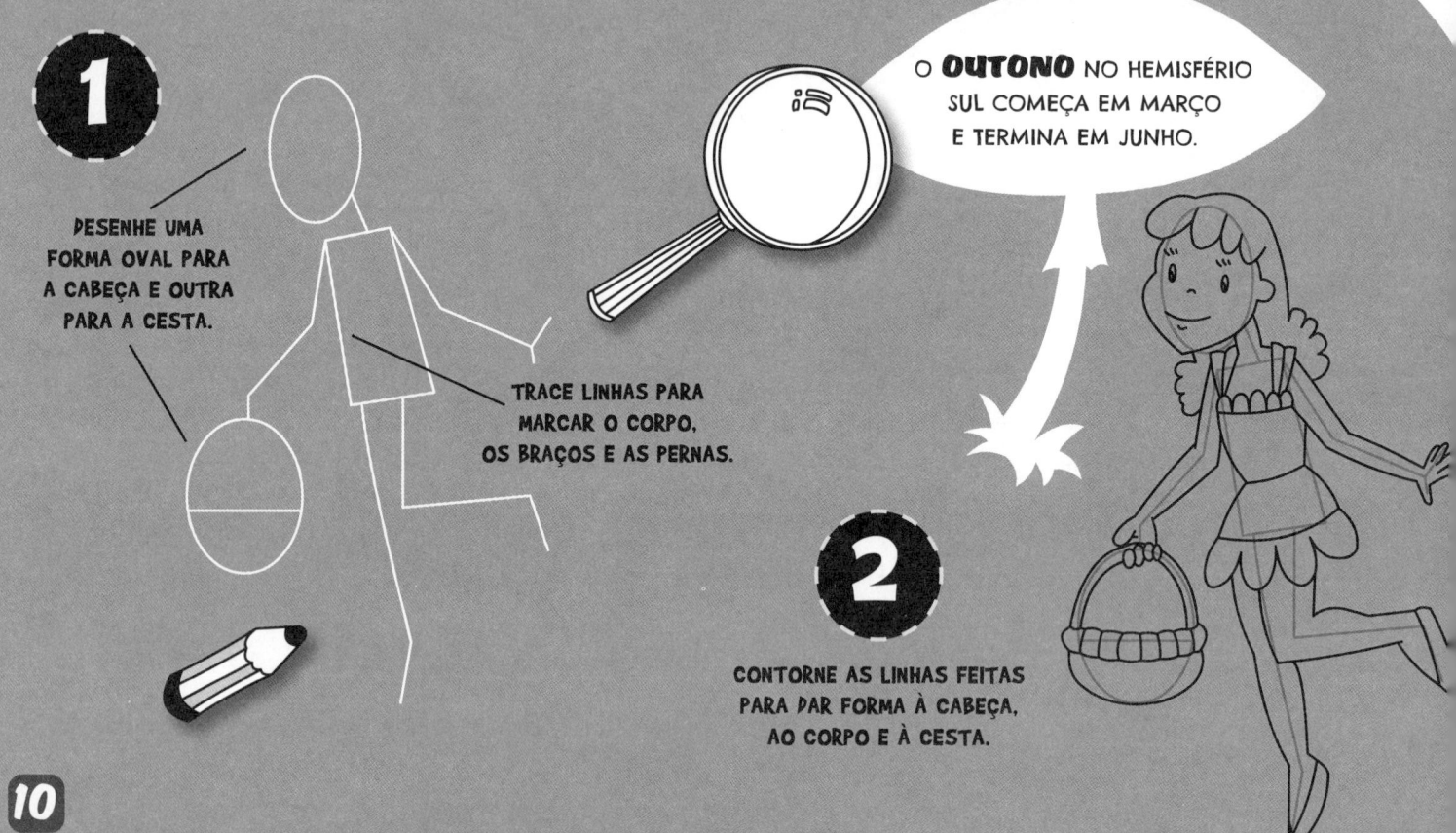

1

DESENHE UMA FORMA OVAL PARA A CABEÇA E OUTRA PARA A CESTA.

TRACE LINHAS PARA MARCAR O CORPO, OS BRAÇOS E AS PERNAS.

O **OUTONO** NO HEMISFÉRIO SUL COMEÇA EM MARÇO E TERMINA EM JUNHO.

2

CONTORNE AS LINHAS FEITAS PARA DAR FORMA À CABEÇA, AO CORPO E À CESTA.

3 DESENHE OS DETALHES DO VESTIDO E DA CESTA. PARA FINALIZAR, DESENHE AS ASAS E OS COGUMELOS.

A PALAVRA **OUTONO** VEM DO DEUS EGÍPCIO *ATUM*, QUE SIMBOLIZA O SOL QUE SE PÕE NA TERRA.

APAGUE AS LINHAS-GUIAS DO DESENHO.

4 DESENHE A **FADA DO OUTONO** E PINTE-A.

UNICÓRNIO

O **UNICÓRNIO** É UM ANIMAL MITOLÓGICO. POSSUI UM CHIFRE MÁGICO, QUE O PROTEGE CONTRA VENENOS E DOENÇAS.

1

FAÇA UMA LINHA PARA MARCAR O PESCOÇO.

DESENHE UMA FORMA OVAL PARA A CABEÇA E OUTRA PARA O CORPO.

TRACE A POSIÇÃO DAS PERNAS COM QUATRO LINHAS.

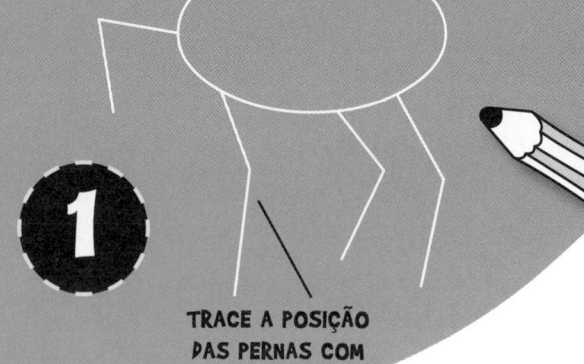

2

CONTORNE AS LINHAS FEITAS PARA DAR FORMA AO UNICÓRNIO.

3

POR FIM, DESENHE O CHIFRE, A CAUDA E A CRINA.

APAGUE AS LINHAS-GUIAS DO DESENHO.

DESENHE O **UNICÓRNIO** E DEPOIS PINTE-O.

4

ANTIGAMENTE, O UNICÓRNIO ERA REPRESENTADO COMO UM CAVALO BRANCO COM PATAS DE ANTÍLOPE, CAVANHAQUE E CHIFRE NA TESTA. ATUALMENTE, ELE É VISTO COMO UM CAVALO MÁGICO, COM DIFERENTES CORES E UM CHIFRE NA TESTA.

FADA DO INVERNO

1

DESENHE UMA FORMA OVAL PARA A CABEÇA.

TRACE O CORPO COM UMA LEVE INCLINAÇÃO.

TRACE LINHAS PARA MARCAR OS BRAÇOS E AS PERNAS.

O **INVERNO** COMEÇA EM JUNHO E TERMINA EM SETEMBRO. OS DIAS SÃO MAIS CURTOS, AS NOITES MAIS LONGAS E AS TEMPERATURAS, MAIS BAIXAS.

CONTORNE AS LINHAS FEITAS PARA DAR FORMA AOS BRAÇOS, À CABEÇA, AO VESTIDO E ÀS PERNAS.

2

3

TERMINE DESENHANDO OS ENFEITES DO VESTIDO, AS ASAS E OS FLOCOS DE NEVE.

APAGUE AS LINHAS-GUIAS DO DESENHO.

4

DESENHE A **FADA DO INVERNO** E PINTE-A.

15

GNOMO

1
DESENHE UM CÍRCULO PARA A CABEÇA E UM TRIÂNGULO PARA O CHAPÉU.

TRACE UMA LINHA PARA MARCAR A PÁ.

MARQUE O CORPO, OS BRAÇOS E AS PERNAS.

GNOMOS SÃO ANÕES FANTÁSTICOS QUE TRABALHAM EM MINAS, ONDE GUARDAM TESOUROS E CUIDAM DE METAL E PEDRAS PRECIOSAS.

2
CONTORNE AS LINHAS FEITAS PARA DAR FORMA AO GNOMO.

3

DESENHE OS DETALHES DAS ROUPAS E A PÁ.

APAGUE AS LINHAS-GUIAS DO DESENHO.

4

DESENHE O **GNOMO** E DEPOIS PINTE-O.

17

COGUMELO

1

FAÇA UM PEQUENO TRIÂNGULO PARA MARCAR A CHAMINÉ.

DESENHE UM TRIÂNGULO E UMA FORMA OVAL EMBAIXO DELE PARA FAZER O CHAPÉU DO COGUMELO.

DESENHE UM TRAPÉZIO PARA MARCAR A PARTE DEBAIXO DO COGUMELO.

OS **COGUMELOS** GERALMENTE SERVEM DE CASAS PARA OS GNOMOS DA FLORESTA.

2

CONTORNE AS LINHAS FEITAS PARA DAR FORMA AO COGUMELO.

3

DESENHE OS DETALHES: A PORTA E AS JANELAS.

APAGUE AS LINHAS-GUIAS DO DESENHO.

4

DESENHE E PINTE A **CASA-COGUMELO**. DESENHE TAMBÉM UM GNOMO AO LADO DELA.

19

BRUXA

1 DESENHE UMA FORMA OVAL PARA A CABEÇA.

DESENHE UM TRIÂNGULO PARA MARCAR O CHAPÉU E OUTRO PARA A VASSOURA.

BRUXA É UMA PESSOA QUE PRATICA FEITIÇARIA. ELA É REPRESENTADA COMO UMA MULHER QUE É CAPAZ DE VOAR MONTADA EM UMA VASSOURA. GERALMENTE SÃO MÁS, LANÇAM FEITIÇOS E FAZEM POÇÕES.

MARQUE O CORPO TRAÇANDO UMA FORMA DE **S** INVERTIDO.

2 CONTORNE AS LINHAS FEITAS PARA DAR FORMA À BRUXA. DESENHE OS DETALHES DO ROSTO.

3

DESENHE O CHAPÉU, O CINTO, OS DETALHES DA BOTA E A VASSOURA.

APAGUE AS LINHAS-GUIAS DO DESENHO.

4

DESENHE E PINTE A **BRUXA**. NÃO SE ESQUEÇA DE DAR UM NOME A ELA.

DRAGÃO

1

FAÇA DOIS TRIÂNGULOS: UM PARA A CABEÇA E UM PARA A CAUDA.

DESENHE A FORMA DO CORPO COM TRAÇOS ONDULADOS.

MARQUE AS PERNAS.

NA MITOLOGIA, O **DRAGÃO** LUTA COM HERÓIS. NESSES COMBATES MÍTICOS, O DRAGÃO ASSUME DOIS PAPÉIS: DE DEVORADOR E DE GUARDIÃO.

2

CONTORNE AS LINHAS FEITAS PARA DAR FORMA AO DRAGÃO.

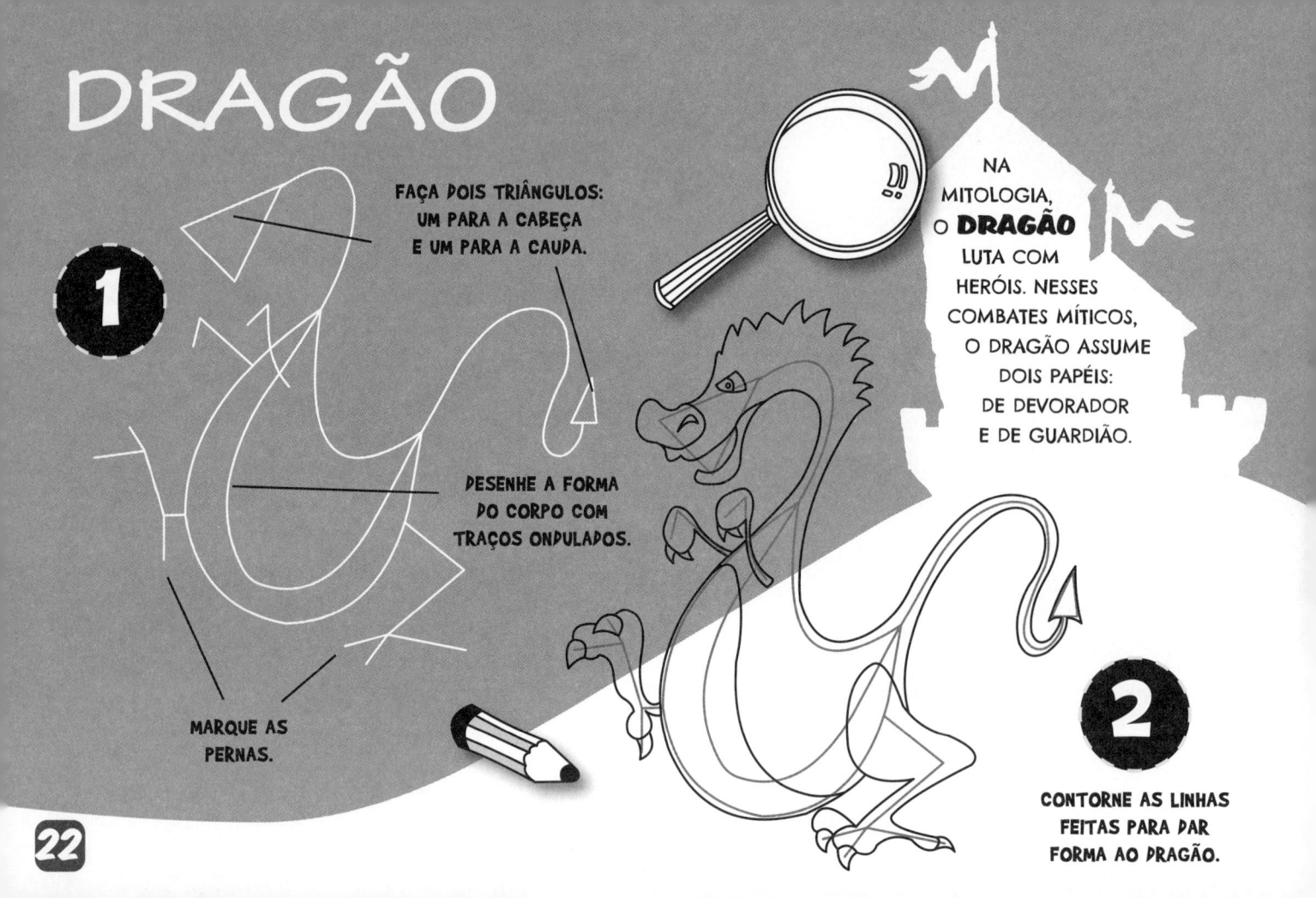

APAGUE AS LINHAS-GUIAS DO DESENHO.

3 COMPLETE DESENHANDO OS CHIFRES, A LÍNGUA E OS DETALHES NO CORPO DO DRAGÃO.

A PALAVRA **DRAGÃO** É DE ORIGEM GREGA E SIGNIFICA "GRANDE SERPENTE".

4 DESENHE O **DRAGÃO** E PINTE-O.

23

MAGO

1

Desenhe um triângulo para o chapéu e um círculo para a cabeça.

Desenhe a varinha e marque os braços.

Trace o corpo com uma forma curva.

O **MAGO** é uma espécie de astrólogo, ou adivinho, que pratica magia, feitiçaria ou bruxaria.

2

Contorne as linhas feitas para dar forma ao mago. Não se esqueça de desenhar a longa barba dele.

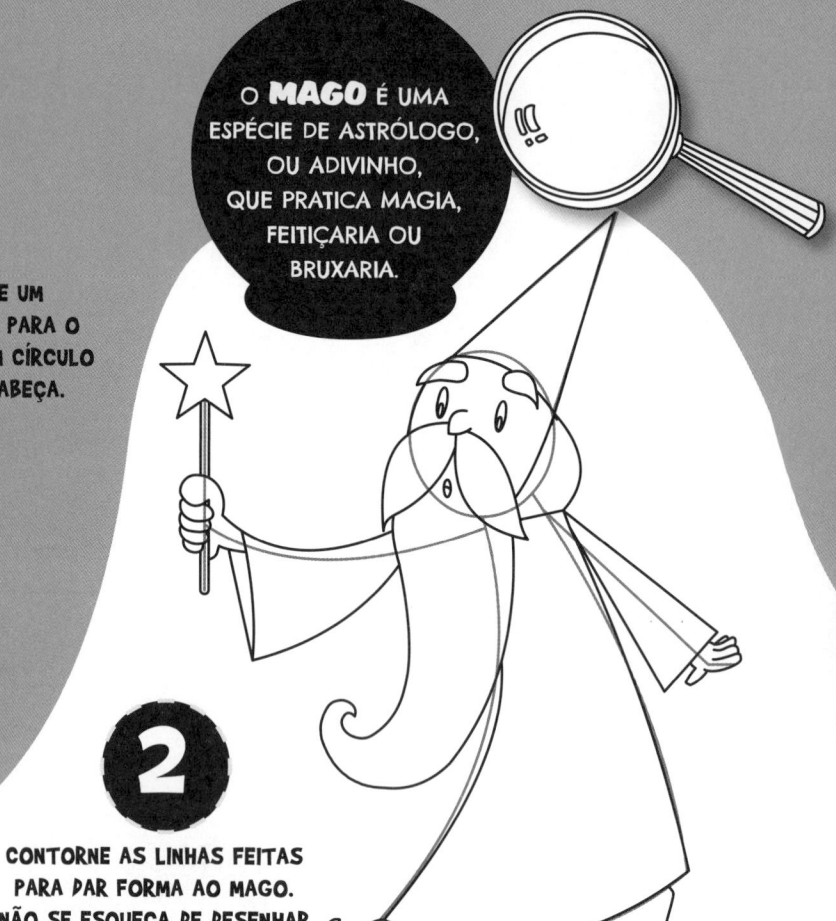

3

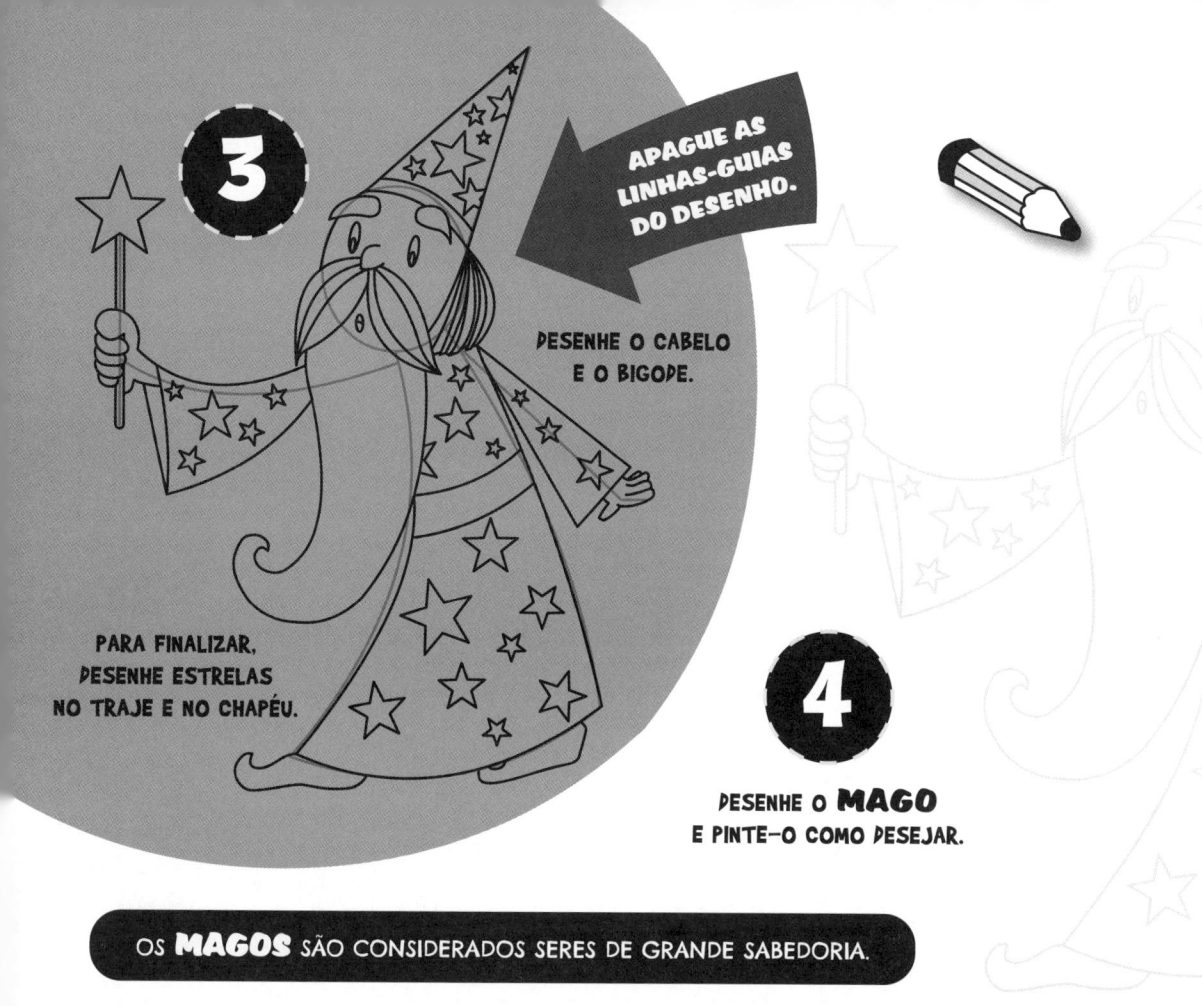

APAGUE AS LINHAS-GUIAS DO DESENHO.

DESENHE O CABELO E O BIGODE.

PARA FINALIZAR, DESENHE ESTRELAS NO TRAJE E NO CHAPÉU.

4

DESENHE O **MAGO** E PINTE-O COMO DESEJAR.

OS **MAGOS** SÃO CONSIDERADOS SERES DE GRANDE SABEDORIA.

FADA DOS DESEJOS

1

DESENHE UM TRIÂNGULO PARA MARCAR O CHAPÉU E UM CÍRCULO PARA A CABEÇA.

COM ALGUMAS LINHAS, TRACE O BRAÇO E A VARINHA.

TRACE UMA LINHA INCLINADA PARA MARCAR O CORPO.

COM SUA VARINHA MÁGICA, AS **FADAS** REALIZAM **DESEJOS**.

2

CONTORNE AS LINHAS FEITAS PARA DAR FORMA AO VESTIDO, AO ROSTO, À VARINHA...

3

APAGUE AS LINHAS-GUIAS DO DESENHO.

DESENHE OS DETALHES DO CHAPÉU, DO CABELO E DO VESTIDO.

4

DESENHE A **FADA DOS DESEJOS** E PINTE-A COM MUITAS CORES.

27

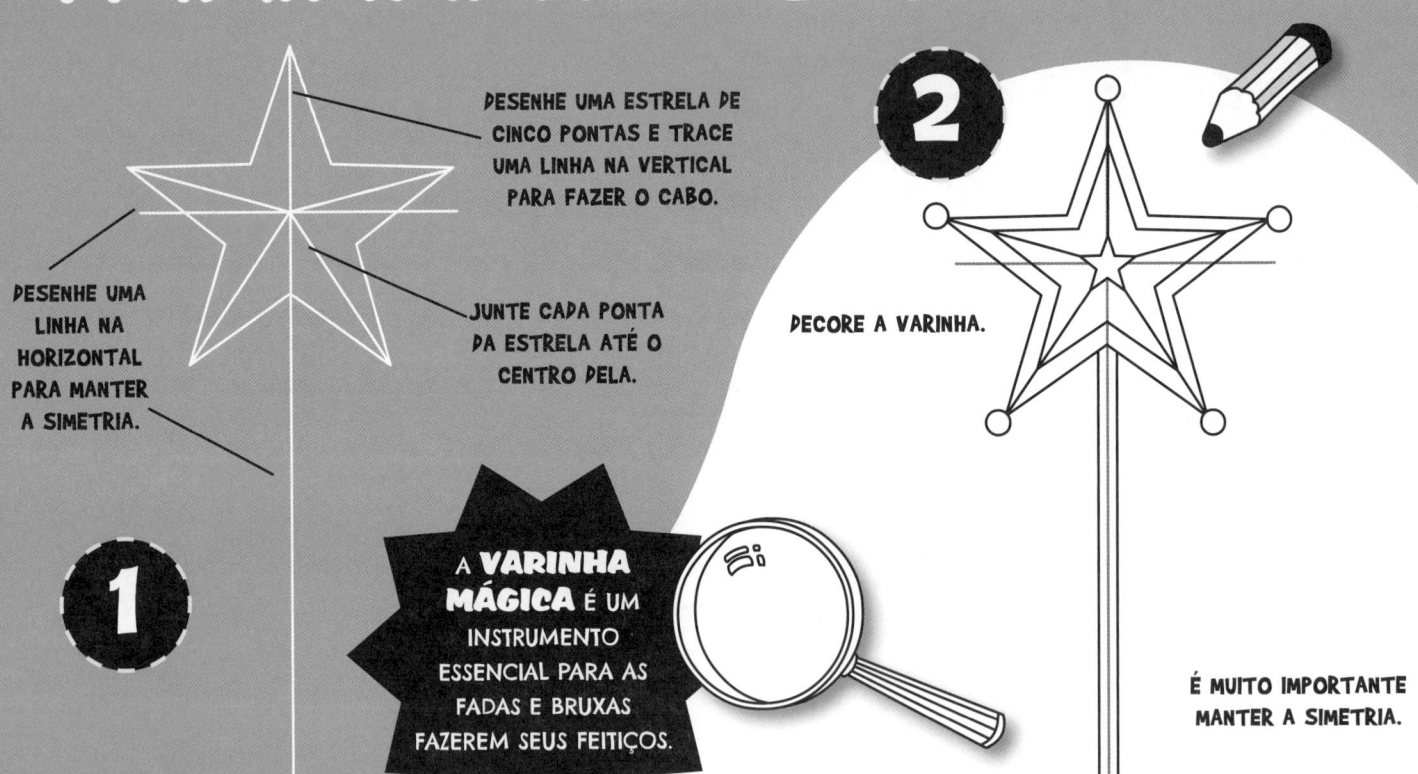

VARINHA MÁGICA

1

DESENHE UMA ESTRELA DE CINCO PONTAS E TRACE UMA LINHA NA VERTICAL PARA FAZER O CABO.

DESENHE UMA LINHA NA HORIZONTAL PARA MANTER A SIMETRIA.

JUNTE CADA PONTA DA ESTRELA ATÉ O CENTRO DELA.

A **VARINHA MÁGICA** É UM INSTRUMENTO ESSENCIAL PARA AS FADAS E BRUXAS FAZEREM SEUS FEITIÇOS.

2

DECORE A VARINHA.

É MUITO IMPORTANTE MANTER A SIMETRIA.

28

APAGUE AS LINHAS-GUIAS DO DESENHO.

3

DESENHE OS DETALHES: AS PÉROLAS, A FITA E O LAÇO.

4

DESENHE SUA **VARINHA MÁGICA** E PINTE-A DA MANEIRA QUE DESEJAR.

FADA DO AMOR

A **FADA DO AMOR** PREPARA POÇÕES E FEITIÇOS MÁGICOS QUE FAZEM AS PESSOAS SE APAIXONAREM UMA PELA OUTRA PARA SEMPRE.

1

DESENHE UM CÍRCULO PARA MARCAR A CABEÇA.

TRACE O TRONCO.

FAÇA LINHAS PARA MARCAR AS PERNAS E OS BRAÇOS.

FAÇA UM TRIÂNGULO E UM TRAÇO PARA MARCAR O CENTRO DA FOLHA.

2

CONTORNE AS LINHAS FEITAS PARA DAR FORMA AO CORPO DA FADA E À FOLHA SOBRE A QUAL ELA ESTÁ SENTADA.

3

DESENHE OS DETALHES DO VESTIDO, O CABELO E AS ASAS.

APAGUE AS LINHAS-GUIAS DO DESENHO.

4

DESENHE A **FADA DO AMOR** E PINTE-A.

Dados Internacionais de Catalogação na Publicação (CIP) de acordo com ISBD

S964m	Susaeta Ediciones.
	Mundo fantástico / Susaeta Ediciones ; traduzido por Paloma Blanca Alves Barbieri. - Jandira, SP : Ciranda Cultural, 2023.
	24 p. : il. ; 22,50cm x 14,00cm. - (Desenho passo a passo).
	Título original: Mundo fantástico.
	ISBN: 978-65-261-0726-3
	1. Literatura infantil. 2. Kit. 3. Lápis de cor. 4. Desenho. 5. Passo a passo. 6. Fadas. I. Barbieri, Paloma Blanca Alves. II. Título. III. Série.
2023-1152	CDD 028.5
	CDU 82-93

Elaborado por Lucio Feitosa - CRB-8/8803

Índice para catálogo sistemático:
1. Literatura infantil 028.5
2. Literatura infantil 82-93